थिंकिंग वेव्स

राहुल लाबरू

First Published in December 2021

ISBN: 978-93-5427-950-8

BLUEROSE PUBLISHERS

www.bluerosepublishers.com

info@bluerosepublishers.com

+91 8882 898 898

Cover Design:

Geetika

Distributed by: BlueRose, Amazon, Flipkart

Dedication

I dedicate my story to my parents, wife & all those friends which love me.

शनिवार की रात को मैं सो रहा था, कि ऐशविन मुझसे मिलने आता है। मैं नींद में होने के कारण उससे ठीक से नहीं मिलता हूँ, फिर सो जाता हूँ। रविवार भी उसी तरीके से बीत जाता है। हम बहुत खुशी–खुशी दिन बिता रहे होते हैं।

पर इस पूरे समय में बीच–बीच में उठने की कोशिश कर रहा होता हूँ। इस कोशिश में मैं एक स्वप्न में फंसा होता हूँ और जब मैं कोशिश कर रहा होता हूँ स्वप्न से बाहर आने की, उसी समय ऐशविन मुझसे हाथ मिलाता है, गले लगता है और बोल रहा होता है– भैया आपके कारण हमें नया जहां (दिन/सूरज) देखने की मिलेगा। मैं यह बात सुनकर उठ जाता हूँ। मेरी निद्रा भंग हो जाती है। तब मैं ऐशविन को छोड़कर इधर–उधर देखता हूँ तो मैं अपने आप को एक नए घर में पाता हूँ। एक आलीशान बंगला होता है, वहाँ मैं अपने परिवार के साथ होता हूँ। मुझे एक आवाज सुनाई देती है जिसमें मेरी माँ मुझे आराम करने को कहती है पर मुझे चैन कहाँ, मैं अपना घर ढूँढता हूँ। जैसे ही मैं घर से बाहर निकलता हूँ प्रेस के लोग मुझे घेर लेते हैं। मैं कुछ भी नहीं समझ पा रहा होता हूँ।

मैं बचते–बचाते अपने घर तक पहुँचता हूँ। वहाँ पर पहुँचकर मैं कुछ सुकून महसूस करता हूँ। सुबह हुई होती है। सूरज अपनी लालिमा बिखेर रहा होता है। मैं टॉयलट में जाता हूँ। टॉयलट पूरी तरह से सूखा हुआ होता है और उसके कमोड पर रेत पड़ी हुई होती है। वहाँ मेरे रवि अंकल मुश्किल से दिन बिता रहे होते हैं।

मैं उन्हें देखता हूँ। उसका प्रतिबिम्ब उभरता है। उसमें वे मुझे आशीर्वाद देकर, रोते हुए चले जाते हैं। फिर मैं घर छोड़कर चला जाता हूँ। बाहर अभी भी प्रेस वाले मेरा इन्तजार कर रहे होते हैं और मुझसे सवाल पूछने के लिए बेताब होते हैं।

प्रेस :– संसार सोच मंत्री (Thinking Waves General) बनने पर आपको कैसा महसूस हो रहा है। मुझसे लोग चाईनीज, जापानी, स्पेनिश, फ्रेन्च, इंग्लिश आदि भाषाओं में बात कर रहे

होते हैं, जो भाषाएँ मैंने कभी सुनी नहीं होती है। उन भाषाओं को मैं सुन ही नहीं, समझ भी पा रहा होता हूँ। मुझसे लोग बात करने के लिए आतुर होते हैं। अभी मैं इस आश्चर्य से उभरा भी नहीं होता कि मुझे दृअर्थ मैं पता चलाना चालू हो गया होता है मेरा बनाया हुआ ट्रांस्लेटर, जो हर आदमी के दिमाग की सोच में होता है, जिस के कारण मनुष्य अपनी हर भाषा की समझ को अपनी मूल भाषा में समझ रहा होता है, उसी तरह से मैं सारी भाषाएँ समझ रहा होता हूँ।

मैं एकदम से समझ जाता हूँ और चिल्लाकर बोलता हूँ– थिंकिंग वेव्ज़! मेरी आवाज सुनकर लोग मुझे समझाते हैं और मुझे शान्त करने की कोशिश करते हैं पर मैं अपने को इतना दबा महसूस कर रहा होता हूँ कि मैं उस घुटन से निकलने के लिए और जोर से चिल्लाता हूँ। थिंकिंग वेवज। यह चिल्लाना जरूरी भी था क्योंकि ऐश्विन से मिलने और उस समय की हुई घबराहट और उससे बचने के लिए मैं जो कोशिश कर रहा था, वह कोशिश जरूरी थी। मैं बिना कोई इन्टरव्यू दिए अपनी माँ के पास जाता हूँ और उनकी गोद में सिर रखकर बोलता हूँ– माँ यह थिंकिंग वेवज कब.....

माँ– कोई नहीं बच्चे तुझे तो बड़े–बड़े काम करने हैं और तूने जो काम किया है वह भी किसी बड़े काम से कम नहीं, वह तो सबसे बड़ा काम है।

World Thinking General बनके अगर तू पीछे हटा तो तू मेरा बेटा नहीं रहेगा तो तू मेरा बेटा ही पर क्या बताऊँ आज मेरे मुहँ से इस तरह के शब्द निकल रहे हैं। सुन, जो मैं तुझे कह रही हूँ उसे किसी ने आज तक किसी से कहा नहीं होगा पर यह सही है। मैं जानती हूँ तुझे पता होगा फिर भी लोग तो अपने घर, अपना कमरा, अपना मोहल्ला, अपना गाँव, अपना शहर, अपरा राज्य था ज्यादा से ज्यादा अपना देश सवांरने की सोचते हैं और वह भी कुछ लोग होते हैं और उनमें से भी कुछ लोग ही नाम कमाते हैं। पर तुझे तो जग संवारना है। गैलेक्सी सुना है, मैं भी सीख गई हूँ गेलेक्सी, उस लेवेल पर मित्रता बनाती है और इतने अच्छे और बड़े काम से तू मुकर रहा है। तुम संसार के पहले आदमी हो जो यह काम कर रहे हो। लोग तुझे भगवान की तरह

पूजेंगे बेटा। माँ, तो जो पाटिकल था न वो थिंकिंग बेव के साथ मशीन में चला गया जिस के कारण ऐलियन्स ने कहा था इस में 'फाईट' डालें

यह पार्टिकल बहुत सारी बेव ऐबजॉर्ब करके मशीन में चला गया है और मशीन को बन्द कर उसमें पड़ा है। आप जानते हो माँ, इसका क्या मतलब है? उस पार्टिकल से सारी वेब कन्ट्रोल में आ गई है। अब यह थिंकिंग वेब नहीं रह गई है। अब यह एक यूजफुल बेब, हेल्पफुल वेव, needful ~~नीड~~ फुल वेबमें बदल गई है। इसीलिए तो लोग मुझे चाहते हैं। इसीलिए तो मुझे वर्ल्ड थिंकिंग जनरल बनाया है।

यानि की महाऋषि दधीची की अस्थियों की तरह यह मुझसे मेरा मिष्तकश, ईनाम स्वरूप चाहते हैं। नहीं–नहीं, ऐसा मत बोल! अगर किसी ने सुन लिया तो शायद यह भी हो जायेगा। और फिर दुनिया के लिए कभी भगवान, तो कभी ऋषि–मुनियों ने खुद का दान दिया है। तो तू क्या चीज़ है। इस युग में, उस युग में, हर युग में मनुष्य ही परमात्मा के समीप पहुँचता है, उस शक्ति को पहचानता है। साइंस हुई तो क्या हुआ है **तुझे तो ज्ञान और विज्ञान का** स्वरूप है। इससे पीछे मत हटना। क्या पता आने वाले थिंकिंग वैव ग्रन्थ में तेरा ही नाम हो शायद । और मैं मुझे एक और बात बता दूँ कि भगवान का काम भक्तों की रक्षा करने का होता है। पर माँ, मैं भगवान नहीं........ भगवान नहीं........ भगवान नहीं........ भगवान नहीं........!!

पर मेरे बच्चे, इतनी बड़ी जिम्मेदारी से मुँह मोड़ना नहीं चाहिए, जिम्मेदारी उसे ही मिलती है जो इसे उठाने लायक होता है। पर मैं हूँ क्या माँ? मैं करूँगा क्या? मैं आज तक ढंग से सो नहीं पाया हूँ। मुझे पता नहीं, मुझे क्या करना है। मुझे कुछ समझ में ही नहीं आ रहा है। आज तक किसी ने ऐसा सोचा तक नहीं। यह क्या चीज है माँ? मैं नहीं कर सकता! But you are the earth representative to stars, ओह हो! हो! यानि कि ये ऐलयन हमारी धरती से मित्रता करना चाहते हैं। मित्रता ही नहीं सम्बन्ध भी स्थापित करना चाहते हैं। यानि कि लम्बे–लम्बे ब्रेन वालों के साथ मुझे शादी करनी पड़ेगी! यह नहीं हो सकता माँ।

आप तो जानती ही हैं कि मैं अभी तक शीतल को नहीं भूला हूँ। बेटा, वहाँ की टेक्नॉलॉजी बहुत एडवांस है और एक बात मत भूलना बेटा कि जहां के साथ तो कोई भी चल सकता है पर उससे आगे कोई नहीं निकल सकता। यह तो इन्सान और एलियन की दौड़ है जिसमें कोई–न–कोई तो आगे निकलेगा ही, चाहे कोई स्तर हो। जो आगे बढ़ेगा, उसे ही लोग याद रखेंगे।

एक दिन राहुल 'थिंकिंग वेव' पर भाषण देने अमेरिका जाता है। वहाँ पर वह थिंकिंग वेव के यूसफुलनेस और हेल्पफुलनेस पर भाषण देता है। और भी उस की कई कई पावरी के बारे में बताता है। इस भाषण में वह Kiri के बारे में भी बताता है और कहता है कि मैं उससे शादी नहीं कर सकता क्योंकि मैं किसी और से प्यार करता हूँ। वो थिंकिंग वेव के बारे में यह भी बताता है कि यह अब रुक चुकी है और हम चाहें तो अब इसको माईंड इम्प्रूव करने के लिए या टेलीपेथी या रिसर्च जैसी चीजों में काम में ले सकते हैं।

राहुल का मानना होता है कि Kiri जो ध्रुव तारे जनरल की बेटी है, वो बड़ी चालबाज है। साथ ही उसके और उसके बाप की Interest साजिश को भी वह समझता होता है और इसलिए यह Kiri से शादी के लिए भी मना कर देता है। अपनी जिम्मेदारी को समझते हुए वह ध्रुव तारे की लड़की से शादी करने के लिए तैयार होता है, लेकिन Kiri से शादी नहीं करना चाहता है। इसलिए वह सबके सामने मना कर देता है। अमेरिकन गोरमैन्ट उसकी बात से सकते में आ जाती है और प्लान करती है कि हम अपनी सबसे काबिल टीम 'जो आई जो आर्मी' को राहुल को किडनैप करने को कहती है। राहुल को किडनैप करने के बाद वह उससे पूछती है कि तुमने मना क्यों कर दिया। राहुल उनको उनकी इन्टरनल साजिश के बारे में बताता है। पर वो नहीं मानते हैं। वह उसको शादी करने के लिए मजबूर करते हैं।

जब बहुत मनाने पर भी वह नहीं मानता, तो वो उससे थिंकिंग वेव मांगते हैं और यह भी कहते हैं कि अगर तू नहीं रहा तो उसके बाद थिंकिंग वेव का क्या होगा, हम इसपर रिसर्च करना चाहते हैं ताकि हम इसे कन्ट्रोल कर सकें। तू इसे कन्ट्रोल कर सकता है, इसलिए हम तुम्हें यहाँ लाए हैं। इसलिए हम तुम्हें

शादी करने के लिए समझा रहे हैं। वह रिसर्च करने के लिए भी तैयार है। तुम्हारे DNA से हम नया आदमी बनायेंगे।

यह सुनते ही राहुल चौंक जाता है और मन ही मन सोचता है कि वो थिंकिंग वेव हासिल करना चाहती है। राहुल कहता है कि तुम्हें लगता है वह लेडी इसके लिए तैयार हो जायेगी? हम ने कहा कि ध्रुवतारे के फर्स्ट मैन की बैटी के साथ कॉन्ट्रैक्ट साइन किया है। तुम्हें पता है कि वह ध्रुव तारे के जनरल की बेटी है। राहुल कहता है कि मैं तुम्हें पहले ही बता रहा हूँ कि वह लड़की बहुत चालाक है। वह बाद में अपने बाप के दम पर दोनों World को लड़ा देगी। मैंने उसका दिमाग पढ़ा है। जब वह India आई थी तब उसके साथ उसकी राजनीतिक दोस्त शीन भी आई होती है। शीन को भी उसके बाप के बारे में पता है और वह मुझसे प्यार भी करती है। तू नहीं जानता राहुल कि वह फेस चेन्ज कर सकती है। उसके लिए तुझे धोखा देकर प्यार अर्जित करना मुश्किल नहीं है।

मुझे धोखा देना इतना आसान नहीं। और अगर मैं चाहूँ तो ..... बात काटते हुए मैंने उसकी वेव पड़ी है। ऐसा कुछ भी नहीं है और तुमको तो कोई प्रॉब्लम भी नहीं होनी चाहिए क्योंकि वह ध्रुव तारे की ही है। और वह भी इस World से फ्रेन्डशिप करने का कारण ढूंढ रही है। ध्रुव तारे की पॉलिटिक्स, उसकी फ्रेन्डशिप का कारण भी वही है और वह हर बात मानने को तैयार भी है। जी आई जी कहते हैं –

ये प्लानिंग उसके ही कारण है। क्यों वह World थिंकिंग जनरल को अपने साथ मिलाना चाहती है? ताकि वह इस World को अपने कब्जे में ले सके। राहुल नहीं, kiri ऐसा चाहती है। उसका बाप बहुत मक्कार है। वो जानता है कि हम इन्सानों की उम्र कम है और उन लोगों की उम्र ज्यादा है। वो उसी का फायदा भी उठाएगा।

जी.आई.जी – अगर ऐसा होता तो वह हम पर हमला करता और उनकी knowledge हमसे ज्यादा है।

राहुल – टेक... माई फुट! हमारे पास भी टेक्नॉलोजी बहुत ज्यादा है और बता दूँ कि वो हमारी टेक्नॉलोजी हथियाना भी चाहते हैं।

जी.आई.जी. – टेक्नॉलोजी का क्या है? हम भी उनकी लेना चाहते हैं। इसमें क्या गलत है?

राहुल – मैं यह नहीं कह रहा कि टेक्नॉलोजी मत लो। मैं यह कह रहा हूँ कि हमारे यहाँ फर्स्ट मैं बिना किसी पॉवर का World थिंकिंग जनरल हूँ, पर वहाँ पर World जनरल होता है। उनका World हमसे ज्यादा यूनाइट है। वो विलेज, सिटी और कन्ट्री की तरह छोटे–छोटे dividation नहीं हैं। वां हमसे ज्यादा यूनाइट हैं, वहाँ की पॉलिटिक्स हमसे कुछ ज्यादा ही एडवान्स है। इसका तो फायदा उठा सकते हैं! वहाँ पर कन्ट्रोल प्रेसिडेन्ट भी होता है और World प्रेसिडेन्ट भी होता है। और जो वर्ल्ड प्रेसिडेन्ट होता है, तो वर्ल्ड परफेक्ट मेन में से चूज होता है जिसमें इन्टेलिजेन्सी और पॉवर जरूरी है। मतलब कि वहाँ का सबसे पॉवरफुल आदमी ही World प्रेसिडेन्ट बनता है।

जी.आई.जी. – अच्छा! तो इसका एक ही हल है कि हमें थिकिंग वैव दे दो। हम वहाँ की इन्फॉरमेशन हैक करके अपनी सेफ्टी कर सकते है। सिर्फ अपनी ही नहीं, पूरे World की कर सकते हैं।

राहुल – तो फिर मुझे World थिंकिंग जनरल क्यों बनाया?

जी.आई.जी.– We mean, yes or no.

राहुल – No!

जी.आई.जी. – इसके ब्रेन को स्कैन करो और सारी स्टडी करके इसकी रेपुटेशन को डाउन कर दो। थिंकिंग वेव को भी अपने कब्जे में ले लो और इसे पागल साबित करके मार दो।

राहुल के दिमाग में ध्रुव तारे की बातें फिक्र स्वरूप चल रह होती हैं। राहुल सोच रहा होता है कि अगर मैं मर गया तो थिंकिंग वेव को Solve कौन करेगा।

राहुल को अपनी जान से ज्यादा इन लोगों की फिक्र होती है, जो ये समझ नहीं पा रहे होते हैं कि थिंकिंग वेव कितने भयंकर स्वरूप में थी और आज किस प्रकार कन्ट्रोल में है। राहुल को लगता है कि मैं इनकी बात मान लूँ इसी में भलाई है।

राहुल उनको धोखा देता है और बोलता है – मैं तैयार हूँ, पर ये नहीं जानता कि वह अभी कहाँ है।

जी.आई.जी – क्या वह तेरे कन्ट्रोल में नहीं है? झूठ! हम इस बात पर कतई विश्वास नहीं करेंगे।

राहुल – पर मैं उसका पता लगा सकता हूँ कि वह कहाँ पर है। तुम मुझे वहाँ ले चलो।

जी.आई.जी. – हां–हां! तुमने हमें इतना बेवकूफ समझ रखा है?

राहुल – ठीक है! ठीक है! मुझे वहां का मैप दे दो, मैं मैप से बता दूंगा कि वह कहां पर है। तुम लोग अपने टीम भेज देना और पता लगा लेना या फिर जब्त कर लेना जैसा तुम चाहो। क्योंकि उसकी पोज़ीशन बदलती रहती है।

नहीं, तुम झूठ बोल रहे हो। वो यूनिवर्सिटी के नीचे ही कहीं दबी पड़ी है और खुद को बचा रही है। हमने विलियम Stalling की Research वाली कहानी भी पढ़ी है। अगर तुम उसका कन्ट्रोल हमें दे दो, तभी हम तुम्हें छोड़ेंगे।

राहुल – मैं कन्ट्रोल कैसे दे दूं? मशीन क्या मेरी गुलाम है? अगर ऐसा होता तो मैं पांच साल तक **तड़पता** थोड़े रहता। तुम लोग उसे सैटलाइट से पकड़ लो और देखने की कोशिश करो। और कम्प्यूटर से वेव कैलकुलेट कर देख लो। तुम्हें पता चल जायेगा कि वेव एक जगह से आ रही है या अलग–अलग जगह से आ रही है।

G.I.Joe :– OK तुम उसकी पोजीशन बताओ। मुझे लगता है कि वह जंगल में है।

G.I.Joe :– OK

राहुल :– वह वहां से जा चुकी है और फार्म में देखी जा रही है। जब राहुल बोल रहा होता है तो वह सारी बातें उन तक पहुँच रही होती है। राहुल यह सब हिन्दी में बोल रहा होता है कि थिंकिंग वेव पोजीशन चेन्ज मत करना।

G.I.Joe :– क्या बोला, जल्दी बताओ। इन्जीनियर, जल्दी से इसको डिकोड करो। डिकोड करते ही उनको English में पता चलता है कि थिंकिंग वेव 'Don't Change the Position' सुनते ही सेटिसफाई हो जाते और बोलते हैं – OK! और कुछ बोलो। उस के बाद राहुल बोलता है – च गछ फलित सेरसी दुनिया हस मज (तू सारी दुनिया में **फैल जाओ**)। उसके बोलते ही थिंकिंग वेव सारी दुनिया में फैल जाती है और थिंकिंग के पार्टिकल राहुल के दिमाग में पहुँच जाते हैं। G.I.Joe ऐसी बात सुनते ही परेशान हो जाते हैं। वो जल्दी से डरेगन साफ्टवेयर चलाते हैं और उनकी भाषा को डिकोड करने की कोशिश करते हैं। पर हिन्दुस्तान में इतनी तरह की भाषाएँ बोली जाती हैं कि डिकोड करते–करते इतना समय लग जाता है कि वेव राहुल तक पहुँच जाती है। राहुल अपना Visualization बनाता है, जिसके अन्दर यह पता चलता है कि वह आजाद हो गया है और वहाँ से भाग जाता है।

G.I.Joe की टीम उसको पकड़ने के लिए उसके पीछे दौड़ती है।

Team Head : Close all the doors!

राहुल ग्लास के पिंजरे को तोड़कर भागने का Visualization देता है। जबकि रियल राहुल उस रूम में ही बन्द होता है। वह सब Visual राहुल को पकड़ने की कोशिश कर रहे होते हैं।

G.I.Joe की टीम उसका पीछा करते–करते एक गली पहुँच जाती है और चारों ओर से घेर लेती है।

G.I.Joe की टीम का हेड बोलता है कि इसे मारना नहीं है। इसे जिंदा ही पकड़ना है। राहुल उस गली में आकर पाँच राहुल में डिवाइड हो जाता है और अलग–अलग गलियों में भाग जाता है।

G.I.Joe की टीम उसको पकड़ने के लिए, उसके ऊपर बेहोश करने वाली गोलियों से हमला करती है। कोई राहुल सीढ़ियों के ऊपर से भाग रहा होता है, तो कोई कमरे में चला जाता है। कोई किसी गली में जाकर गुम हो जाता है, तो कोई दरवाजा बन्द होने से पहले बाहर भाग जाता है।

पाँच राहुल देखकर G.I.Joe की टीम कन्फ्यूज हो जाती है और समझ जाती है कि राहुल हमें धोखा दे रहा है।

G.I.Joe अपने कन्ट्रोल रूम में बात करते हैं।

टीम : क्या तुमको पता चल रहा है कौन सा राहुल असली है और कौन सा नकली है?

T.G. (Techguru) : नहीं, मुझे हर जगह वेव मिल रही है। मैं Heat Radiation पकड़ने की कोशिश कर रहा हूँ। पर वो मुझे indication तुम्हारे आस–पास का ही दे रही है।

टीम : हमें लगता है कि राहुल अपने आगे वेव खड़ी करके कहीं छुप गया है।

टीम लीडर : सब लोग दीवारों और हर चीज को टच करते हुए चलो क्योंकि वेव्ज सॉलिड नहीं होतीं।

Techguru : सर! वेव्ज सॉलिड भले ही ही नहीं होती है पर उनके Partical को जोड़ कर Strong चीज बना सकते हैं। हमें भूलना नहीं चाहिए कि राहुल ने सारी की सारी वेव मशीन के अन्दर ~~Central~~ control की थी। और यह वेव Solid काम भी ले सकती है। लेकिन इसमें heat radiation नहीं निकलेगी। यह हम चेक कर सकते हैं। इससे हमको राहुल को पकड़ने में आसानी होगी। मुझे आप सब लोगों की Heat radiation मिल गई है। लेकिन मुझे राहुल की Heat Radiation नहीं मिल रही है। या तो वह वेव वाले राहुल हैं या फिर इन्हीं में से कोई राहुल अपने आपको वेव से ढके हुए हैं। मुझे तो लगता है कि रियल राहुल इनमें कोई नहीं है।

G.I.Joe यह तो हमें भी पता है कि पाचों राहुल रियल नहीं है। इनमें से कोई एक ही रियल होगा। क्या तुम्हें कैमरे में पाँचों राहुल दिख रहे हैं।

Techguru :– Yes Sir! मुझे पाँचों राहुल अलग–अलग रूम में दिखाई दे रहे हैं। G.I.Joe हमें उन की Position send करो। G.I.Joe की टीम फैल जाती है।

Rock रूम का दरवाजा तोड़कर, अन्दर जाकर चेक करता है। वहीं दूसरी ओर Bhatista दूसरे रूम का दरवाजा तोड़कर अन्दर जाकर देखता है। दोनों को कोई भी राहुल नजर नहीं आता है।

Rock.Bhatista. : राहुल कमरे से बाहर निकला क्या?

Techguru :– नहीं।

Rock.Bhatista. : हम दोनों दरवाजे के पास ही खड़े हैं। हमें बताओ वो कहाँ पर छिपा है। अगर वह रूम से बाहर निकले तो हमें बता देना, हम उसे कमरे से बाहर नहीं निकलने देंगे।

यहाँ पर एक inbelivable फाइट शुरु हो जाती है। Rock.Bhatista बिना देखे सिर्फ T.G. के आदेश के अनुसार राहुल को पकड़ने की कोशिश कर रहे होते हैं। पर राहुल का Visualization, कैमरा और रीयल दोनों में ही बच कर भाग रहा होता है। तीसरी ओर G.I.Joe की आर्मी हॉल में राहुल को पकड़ने के लिए घेरा डाले हुए होती है। राहुल रूम के बीच में खड़ा होता है। काफी कोशिश करने के बाद भी जब राहुल हाथ नहीं आता है तो सेलिना फायर का आर्डर देती है। फायर से बचते–बचते राहुल सेलिना के करीब पहुंच जाता है। चौथी ओर राहुल, जो गेट से बाहर होता है, वो कैमरा की पहुँच से दूर निकलने लगता है। उसके पीछे पूरी आर्मी अलग–अलग दिशाओं में फैल गई होती है।

पाँचवां राहुल कन्ट्रोल Room की तरफ भाग रहा होता है और वह Control Room में दीवार के आर–पार चला जाता है। राहुल को गायब होता देख वहाँ की आर्मी को पता चल जाता है कि यह नकली राहुल है जो Control Room में वेव बन कर चला गया है। हकीकत में असली राहुल अभी भी उस Main रूम में कैद होता है और वहाँ पर बैठे हुए ही उस बन्द कमरे से वेव के द्वारा visual राहुल को move करा रहा होता है। तभी Fifth राहुल से उसे पता चलता है कि T.G. ने भाषा

D.Code कर ली है। वह जल्दी से Fifth राहुल को बोलता है कि इसके computer में चले जाओ और virus बन जाओ।

कम्प्यूटर में virus लगने के कारण T.G. हकीकत बताने के लिए T.H. को मोबाइल लगा रहा होता है। इतनी ही देर में राहुल Virus के दम पर उस रूम का दरवाजा खोल लेता है और बाहर आ जाता है। वहाँ से Computer के गलत instruction डालकर खुले हुए रास्तों से गुजरकर बाहर निकल जाता है। कैमरे में यह सब रिकॉर्ड हो चुका होता है। पर पाँच–पाँच राहुल होने के कारण रियल राहुल का पता लगाना मुश्किल हो रहा होता है। जब तक T.G. यह हकीकत जो कि वह D.Code करने से जान लेता है, टीम को बताता, तब तक राहुल Headquarter से भाग चुका होता है और Public में पहुँच चुका होता है। राहुल का मीडिया के सामने आने से G.I.Joe दूसरे राहुल को जल्दी वहाँ से हटा देती है। Real राहुल इसी गड़बड़ी का फायदा उठाकर India भाग जाता है और फिर से छिप जाता है। इससे पहले कि वह यह बातें पूरी मीडिया को बताता या सब लोगों के बीच में फैलाता, G.I.Joe की टीम उसके पीछे–पीछे नकली राहुल के साथ India पहुँच जाती है। यहाँ पर सारे interview और calls नकली राहुल खुद ही उठाता है।

असली राहुल का G.I.Joe की टीम से बचना मुश्किल हो जाता है और वह अपने दोस्तों को इकट्ठा करने के लिए जंगल में चला जाता है।

G.I.Joe की टीम Satellite मैप से उसे ढूंढते–ढूंढते जंगल तक पहुंच जाती है।

राहुल उन्हें देखते ही एक पेड़ की ओट में छिप जाता है। इसी तरीके से वह छिपते–छिपाते जंगल के अन्दर तक पहुंच जाता है। राहुल को अपने हाथ से निकलते देख G.I.Joe उसे रोकने के लिए Wireless Bullet से फायर करती है। जब पहली बार Wireless Bullet का Attack होता है, तो राहुल

भौंचक्का रह जाता है। वह bullet उसको hurt कर देती है। यह bullet राहुल के पेड़ के पीछे छिपे होने के बावजूद घूमकर आकर उसे लग जाती है।

पर सही अंदेशा नहीं होने के कारण राहुल bullet से हल्का सा घायल ही होता है। अगली बार G.I.Joe मुझे पता है वह उस पेड़ के पीछे छिपा है। तुम सब लोग मेरे साथ fire करना। **वो आधे लोगों को लेफ्ट साइड और आधे को राइट साइट से फायर** करवाता है और बन्दूक के आगे लगे हुए mindicartor से उस गोलियों को **कंट्रोल करके यूटर्न करता है** पर इस बार राहुल ready होता है और झुक जाता है। तथा वो सारी की सारी गोलियां पेड़ पर लग जाती हैं और राहुल वहां से जल्दी से भाग जाता है। भागते हुए राहुल पर चारों ओर से गोलियां attack करती हैं और गोलियों की अलग–अलग दिशा होने के कारण राहुल को बचने के लिए इतनी दिक्कत आती है कि उसका शरीर अकड़ जाता है। गोलियां उसके चारों ओर से निकल जाती हैं। इस तरह राहुल बचते–बचाते जंगल में बने एक हॉल में पहुंच जाता है। G.I.Joe आर्मी की टीम उस पूरे हॉल को घेर लेती है। राहुल को वेव से पता चलता है कि गाड़ियां आ रही हैं। गाड़ियों के नजदीक आते ही वह छत से भागकर गाड़ियों को पकड़ने की कोशिश करता है, पर G.I.Joe की टीम की वजह से नकली राहुल (वेव वाला) निकल जाता है और असली राहुल गाड़ियों तक नहीं पहुंच पाता है। वेव वाले राहुल और असली राहुल, दोनों उनके bullet से बच चुके होते हैं पर गाड़ी और बाइक बनकर दौड़ाता है। सब लोग Visual राहुल के पीछे भागते हैं। पर सेलिना उन तक पहुंच नहीं पाती है। वह पीछे रह जाती है। पीछे से उसे पता चलता है कि असली राहुल जंगल से शहर की तरफ जा रहा है। दूसरी तरफ G.I.Joe, visual राहुल के पीछे भाग रही होती है। राहुल को पता ही नहीं चलता कि सेलिना उसके पीछे पहुंच चुकी होती है। सेलिना को देखते ही राहुल भागकर चट्टान के ऊपर से कूद जाता है। पर सेलिना

Wireless Bullet की मदद से नीचे जाते हुए राहुल पर दूर से fire करती है। वह गोली राहुल के पांव में लग जाती है। राहुल नीचे गिरकर चलने लायक भी नहीं रहता। जब तक राहुल वहां से भाग पाता, सेलिना चट्टान से उतरकर नीचे तक पहुंच जाती है और राहुल के सामने आ जाती है। राहुल उसको पकड़ लेता है, उसकी बन्दूक का मुंह सामने की तरफ होता है और राहुल सेलिना के पीछे होता है। इस समय सेलिना फिर से एक fire करती है। यह गोली घूमकर राहुल के बाजू पर लगती है और सेलिना राहुल के हाथ से छूट जाती है। दूसरी गोली के लगने से राहुल थोड़ा कमजोर हो जाता है और उसपर बेहोशी भी छा जाती है।

दूसरी और G.I.Joe की टीम जिस visual राहुल की ओर भाग रही होती है, वह धीरे–धीरे गायब हो जाता है। राहुल चारों तरफ से फंस चुका होता है और घायल भी होता है। सेलिना अपनी टीम को कॉन्टैक्ट करे इससे पहले ही राहुल उस को हिप्नोटाइज (**सम्मोहित**) कर लेता है और उसके दिमाग में इन्स्ट्रक्शन भर देता है। सेलिना वेव की बात मानते हुए रोड पर जाती है। वहां से एक बाइक सवार जा रहा होता है। सेलिना उसको रोकने के लिए हवा में bullet चलाती है, पर उसके नहीं रुकने पर वह bullet घूमकर उस आदमी को लग जाती है। आदमी आगे जाकर बाइक से गिर जाता है। सेलिना बाइक से जाकर जंगल की सड़ौल रोड से होती हुई शहर चली जाती है। वहाँ पर वो मेडिकल की दुकान से फर्स्ट एड का सामान तथा डॉक्टरी का कुछ सामान उठाकर लाती है। उसके आने तक राहुल होश में ही होता है और खून बहने के कारण धीरे–धीरे कमजोर होता जा रहा है। राहुल सेलिना के दिमाग में बोलता है कि तुम ऑपरेशन करके मेरी गोलियां बाहर निकाल दो और मरहम पट्टी कर दो। लेकिन सेलिना को ऑपरेशन करना नहीं आता होता है। राहुल ऊपर देखकर world के best doctor का दिमाग पढ़ता है और वह सारे instruction सेलिना के दिमाग में भर देता है।

राहुल : Do operation. All instructions are there.

सेलिना : Yes sir! Operation will be completed in few minutes.

राहुल : Don't give एनिस्थीसिया

उसके बाद सेलिना उसका ऑपरेशन करती है राहुल चिल्लाते–चिल्लाते बहुत दर्द सहन करते हुए अपना operation करा रहा होता है।

Operation complete होने तक राहुल बेहोश हो जाता है। राहुल को पेड़ के पास ले जाकर सेलिना अपनी टीम को contact करती है।

सेलिना : Sir] मुझे राहुल मिल चुका है। वो मेरे सामने ही बेहोश पड़ा है।

G.I.Joe: एक तो टीम के साथ तुम चलती नहीं हो और बोल रही हो तुमने अकेले ही राहुल को पकड़ लिया। जरूर वह राहुल का visulization होगा।

सेलिना :– No sir! अभी मैंने राहुल का operation किया है और मुझे पता भी नहीं चला कि मैंने ऑपरेशन कैसे किया। ये bullets मैंने ऑपरेशन करके उसकी body से निकाले हैं। यही नहीं, मैं राहुल को छूकर भी देख चुकी हूँ। वह solid रूप में मेरे सामने है।

G.I.Joe :- Really!

सेलिना :– yes sir! खैर, मैं आप को direction देती हूँ, आप वहाँ तक पहुँच जाइए। जब तक G.I.Joe की टीम सेलिना के साथ राहुल तक पहुंचती है, तब तक राहुल को होश आ जाता है। सेलिना और G.I.Joe की टीम को आता देखकर राहुल पेड़ पर चढ़ जाता है।

T.H. : तुम इतनी देर क्या कर रही थी? तुमने हमें पहले क्यों नहीं बताया कि तुम ने राहुल को पकड़ लिया है?

सेलिना : Sir, मुझे कुछ पता नहीं। मैं राहुल के पास बैठी थी। थोड़ी देर बाद मुझे लगा कि मैं जैसे नींद से जागी।

असल में मैंने राहुल को चट्टान से कूदते देखा था और मैंने fire करके उसे घायल कर दिया था। मैंने नीचे आकर उसको पकड़ भी लिया था। इसके बाद मुझे कुछ पता ही नहीं चला। मैं होश में भी बेहोशी की तरह काम करने लगी। you can't belive sir, मुझे ऐसा लगा कि मैंने M.B.B.S. किया हुआ है। मैंने operation करने का तरीका सपने में ही सीखा। वहां पर कोई था भी नहीं, इसलिए मुझे लग रहा है कि शायद वो operation मैंने ही किया है जो कि impossible है। मुझे ऐसा लगता है कि वहाँ पर कोई और भी है जिस ने operation करने में हमारी मदद भी की है।

T.H : क्या कोई डॉक्टर था?

सेलिना : नहीं, कोई नहीं था। पर वहाँ पर मेडिकल का सारा सामान था। अभी राहुल कहां है, हमें वहां ले चलो। G.I.Joe की टीम ने पूछा।

सेलिना : Sir, वह चट्टान के नीचे पेड़ के पास बेहोश पड़ा है। जब G.I.Joe टीम R.B. के साथ नीचे उतर रही होती है, तो उनपर पत्थरों और तीखे पत्तों की बौछार होने लगती है। कटीली झाड़ियाँ भी उड़कर उनपर बरस रही होती है। असल में राहुल होश में आ गया होता है और पेड़ पर चढ़ गया होता है। वही गह सब कर रहा होता है।

R.B. को छोड़कर सब लोग खुद को बचाने की कोशिश कर रहे होते हैं। R.B. पत्थरों और पत्तों की आंधी से गुजरते हुए आगे बढ़ने लगते हैं।

R.B. कहते हैं कि ध्यान रखना ये कोई visual चीजें नहीं हैं, पर एक बात तो सिद्ध होती है कि राहुल यहीं कहीं है और वह इस आंधी का फायदा जरूर उठायेगा। चाहे visual राहुल दिखे या रियल राहुल, तुम्हें Wireless Bullet से attack करना

ही करना है। राहुल सोचता ~~है 0~~RB के पेड़ के नीचे खड़े होने तक मेरा जाना ठीक नहीं है।

राहुल एक तने को रोल करते हुए रोड की तरफ भेजता है। R.B. रास्ते में आकर उस तने को तोड़ देते हैं। अगली बार राहुल दूसरा visualize तना रोल करता हुआ भेजता है। R.B. visual तने को पकड़ने के लिए उसकी तरफ भागते हैं, पर वह पेड़ से जाकर टकराते हैं और तना उनके शरीर से आर–पार निकल जाता है। आंधी बन्द हो जाती है और G.I.Joe की टीम इधर–उधर फैल जाती है। थोड़ी ही देर बाद बहुत सारे तने रोड की तरफ जा रहे होते हैं।

R & यह सब visual है। इसे टच करके देखना किसी भी चीज को। बिना टच किए जाने मत देना। इन सब तनों में से real तने में लेटकर जा रहा होता है। इन तने को भी बाकी तने की तरह जाने देता है। पर यह तना आगे जाकर एक पेड़ से टकराकर रुक जाता है। तने को रुका देख वह उसकी परवाह किए बिना आगे चले जाते हैं। थोड़ी देर बाद राहुल तने को घुमाकर रोड की तरफ ढकेलता है। इस तने को फिर से चलता हुआ देख B बोलता है – जरूर वो उस तने में जा रहा होगा। यह तना उछलता–कूदता हुआ जा रहा है, जैसे कोई असली तना हो। यह तना बाकी तनों की तरह गायब भी नहीं हुआ है।

B : देखो, वो उस तने में छिपकर रोड की तरफ जा रहा है। राहुल जरूर उसमें ही होगा। Catch him! वो देखो, तना और तेजी से roll होता हुआ रोड की तरफ जा रहा है। G.I.Joe की पूरी टीम उसके पीछे भागती है।

राहुल तने में रोल होता हुआ रोड तक पहुंच जाता है। रोड पर कार और बाइक्स जा रही होती हैं। राहुल का तना रोड के बीचोबीच पहुंच जाता है। राहुल यह सोचकर खुश हो जाता है कि मैं किसीबाइक या कार में बैठकर आसानी से भाग जाऊँगा। लेकिन कार और बाइक्स तने के ऊपर से कूदकर चली जाती हैं। राहुल जल्दी से एक visualization बनाता है, जिसमें कार और बाइक्स आ रही होती हैं। पर राहुल का पीछा करते–करते

visualization तक पहुंच जाती है। राहुल एक बाइक का visualization देखकर उसपर बैठ जाता है। सेलिना कार पर कूद जाती है क्योंकि उसको लगता है राहुल कार लेकर भाग रहा है। इसलिए वह कार को पकड़कर उसके साथ घसीटते हुए चली जाती है। उस को ध्यान आता है कि राहुल को तो कार चलानी आती नहीं हे। वो वापस बाइक पर चढ़ती है और बाइक के visualization के साथ राहुल के पीछे–पीछे जाती है। उसके पीछे–पीछे G.I.Joe की टीम भी पहुंच जाती है। वो एक ट्रक को देखते हैं और उसको रोककर उसपर कब्जा करके उसके पीछे चले जाते हैं। वहां सेलिना फार्म हाउस के एक बड़े से हाल में राहुल के पीछे–पीछे पहुंच जाती है, जहां से वह G.I.Joe की टीम को भी message करती है कि वह कहाँ पर है वह। राहुल को पकड़ नहीं पाने के कारण G.I.Joe मीडिया और लोगों के बीच अफवाहें फैला देते हैं कि राहुल अर्थ और ध्रुव तारे की दोस्ती के बीच में आ गया और उनको यह भी पता चलता है कि राहुल ऐसी शादी के लिए तैयार नहीं है। इस से सारे World की जनता उसके against हो जाती है।

G.I.Joe fight का भाग matter छिपा देती है। वहीं दूसरी ओर सेलिना खून से लथपथ हुई लंगड़े राहुल के पीछे फार्म हाउस में पहुंच जाती है। राहुल फार्म हाउस के कमरे में जाकर छिप जाता है और सारे दरवाजे बन्द कर देता है। वहीं पर सेलिना wireless bullete लेकर इन्तजार कर रही होती है। वह थोड़ा–सा भी अंदेशा देखकर राहुल पर fire कर देती है। दोनों घायल अवस्था में दीवार के दोनों तरफ बैठे होते हैं और बातें कर रहे होते हैं। राहुल अपनी बातों से सेलिना को सब समझा–बुझा देता है। राहुल के तथ्यों को सुनकर सेलिना काफी कुछ समझ जाती है। फिर भी वह अपना पक्ष रखती है। वह दोनों इस स्थिति को सुधारने के लिए कोई–न–कोई तरीका खोज रहे होते हैं।

वहीं पर G.I.Joe की पूरी टीम फार्म हाउस को घेर लेती है।

G.I.Joe : राहुल, तुम बच कर नहीं जा सकते हो। जितना जल्दी हो सके, तुम आत्मसमर्पण कर दो। वैसे भी, अब तुम्हारी जान की कीमत कम हो चुकी है। पूरी Gallexy में तुम्हारा नाम बदनाम हो चुका है। दोनों ग्रहों के लोग तुमसे नफरत करने लगे हैं। अगर तुम थिंकिंग वेव नहीं दोगे तब भी वह तुम्हें मारने को राजी हो गए हैं। अब किसी को कोई फर्क नहीं पड़ता कि तुम जिन्दा रहो या फिर मर जाओ। पर हमें फर्क पड़ता है। हम तुम्हारी importance और जानकारी का सम्मान करते हैं। इसलिए हमारी एक बार तुम से फिर request है कि तुम मान जाओ। हम तुम्हें मारेंगे नहीं। बल्कि हम तो चाहते हैं कि तुम्हारी टीम में शामिल होकर तुम्हारी रक्षा करें। इस तरह की बातों में उलझाकर सच और झूठ का mixture करके सेलिना की मदद से R.B. को अन्दर भेज देते हैं। वही सेलिना समझा रही होती है कि हमें दोतरफा हल ढूंढना पड़ेगा। सेलिना के भरोसे राहुल उनको अन्दर आने देता है और पूरी टीम के साथ मीटिंग करने को तैयार हो जाता है।

टीम हेड : आखिरकार हमने तुम्हें पकड़ ही लिया। राहुल के कुछ बोलने से पहले....

सेलिना : राहुल ठीक कह रहा है। हम लोगों को इसकी बातें सुननी चाहिए।

टीम हेड कुछ सुनने को तैयार नहीं होता है।

राहुल : मैं उस लड़की से शादी करने के लिए कतई तैयार नहीं हूँ।

टीम हैड :– तो हम क्या करें? तेरे लायक लड़की ढूंढे कहाँ से? टीम लीडर समझने को कुछ तैयार नहीं था, इसलिए राहुल अपनी इच्छा की लड़की की बातें रख रहा होता है। यह सब सुनकर Batista बोलता है – तेरे लिए लड़की कहाँ से ढूंढकर लायें? अब मिस यूनिवर्स लाएँ क्या? ऐसी लड़की तो ढूंढ पाना मुश्किल है।

यह सुनते ही राहुल को एक idea आता है। राहुल कहता है कि क्यों न हम दोनों ही शर्तें मान लेते हैं। अगर तुम हां कहो, तो मैं अपना idea तुम्हारे सामने रख दूं।

T.H. :– तुम कोई भी idea या शर्तें रखने के काबिल नहीं हो।

~~राहुल :–~~ Selina, यह ठीक कह रहा है। इसने मेरे भरोसे ही आप लोगों को अन्दर आने दिया है। इसलिए हम लोगों को एक बार इसकी बात सुननी चाहिए। अगर इससे कोई रास्ता निकलता है तो अच्छा ही है। वैसे भी हमें इसकी जरूरत है।

B :– चल बोल कि तू क्या कहना चाहता है।

राहुल :– क्यों न हम Miss Galaxy Show कराएं। जो उसमें जीतेगा मैं उससे शादी कर लूंगा।

T.H. : Rubish, बात काटते हुए कहता है। इस तरह से तो तुम्हें जो मन में आए, उस लड़की को पसन्द कर सकते हैं। वैसे भी यह बात ठीक नहीं। इससे समस्या का हल कैसे निकल सकता है? क्या ध्रुव तारे वाले मानेंगे?

राहुल : **एक बार** मेरी बात **सुनो तो सही** .....

T.H. – No! Impossible!

R - I think we have to listen first.

सेलिना :– मुझे लगता है कि हमलोगों को मिल–बैठकर कोई हल ढूंढना चाहिए। आपलोगों को राहुल की बातें सुननी चाहिए कि ये दो बातें कैसे कह रहा है।

B – Are you mad? हमलोग earth के हैं। इसलिए हमलोगों को earth की लड़की ही पसन्द आयेगी। हमें बाहर की लड़की कहाँ से पसन्द आयेगी। ये बात सब समझ जायेंगे कि हमलोग नाटक कर रहे हैं।

राहुल : नहीं तुमलोगों ने ठीक से सुना नहीं। मेरे कहने का मतलब है Miss Galaxy

T.H : What do you mean by Miss Galaxy? अगर मैं गलत नहीं हूँ, तो तुम दोनों ग्रह की लड़कियों का कह रहे हो। Everybody says Right that is good idea.

R & One Minute! वो लड़की ध्रुव तारे की है, यह लड़की earth की है। ध्रुव तारे वालों को वहां की लड़की पसन्द आयेगी और earth के लोगों को earth की लड़की पसन्द आयेगी इस तरह निष्कर्ष कैसे निकलेगा?

राहुल : बात तो सही है। पर इसका तरीका मैंने खोज लिया है। हम लोग यहां पे स्टेजेज ही इस तरह सेंट करेंगे कि इस contest में कोई, कोई भी रूप धरकर आ सकता है। हम उसको उसके साथ सारी facilities provide करेंगे और contest में ऐसे जज दोनों तरफ के लोगों को बिठायेंगे जिससे हमें कोई भी लड़की चूज करने में problem नहीं होगी। और combined जजमेन्ट होगा तो कहीं से भी, किसी भी तरह की लड़की चूज की जायेगी। change faces होने के कारण और दोनों side judge होने के कारण कहीं की भी लड़की चूज हो, उसे थिकिंग वेव general की wife बनने में कोई भी तकलीफ नहीं होगी। और हाँ, यह contest भी हम मून पर कराएंगे और कोई भी techology use करने का chance देंगे जिसे हमारी technology use करने का chance देंगे। इसे हमारी technology का आदान–प्रदान भी होगा और अलग से कोई objection भी नहीं उठेगा।

T.H. - Good Idea. इस तरह से अगर ध्रुव तारे का contest president में बदल जायेगा तब भी objection नहीं उठेगा क्योंकि यह comined fare होगा।

R – Good! B – Good! सेलिना – Good! T.H – OK. Good! Good 100% we do something for you, and for us.

Earth के कुछ देशों के presidents और ध्रुव तारे के कुछ presidents की मीटिंग बैठती है। Earth के presidents को पहले से ही G.I.Joe के द्वारा समझाया गया होता है कि हमें किस तरह की मिटिंग करनी है। इसी प्रकार ध्रुव तारे के presidents भी जानते होते हैं कि उन्हें किस प्रकार की मिटिंग करनी है। इस मीटिंग में thinking wave general और control president को भी बुलाया गया होता है। यह मिटिंग ध्रुवतारे पर ही की जाती है क्योंकि ध्रुव तारे वाले यह समझाना चाहते हैं कि वो earth के साथ हैं और यह भी सुनिश्चित कराना चाहते हैं कि वो thinking wave general को कोई नुकसान नहीं पहुंचाना चाहते हैं। और यह जानना चाहते हैं कि इन दोनों में किसी प्रकार की गलतफहमी तो नहीं है जिस वजह से यह सब अफवाहें फैली हैं। वे लोग इन अफवाहों का हल चाहते हैं और अपना निर्णय भी बताना चाहते हैं कि यह कोई जबरदस्ती नहीं है। अगर इस कारणवश आपके यहां कुछ राजनीतिक संकट उत्पन्न होता है, तो हम उसके लिए क्षमा चाहते हैं। हम आपसे जानना चाहते हैं कि हम मैत्री का प्रस्ताव किस प्रकार सामने रखें।

यह बात सुनकर अमेरिका संकोच में आ जाता है और राहुल और G.I.Joe की बातों का पुनः विचार करने की सोचता है। परन्तु इससे पहले कि दिशा भटक जाती Thinking wave general अपना प्रस्ताव रख देता है और कहता है कि मेरा पृथ्वी की राजनीति से कोई लेना-देना नहीं है। मै वहां general होते हुए भी powerless हूँ। मैं ध्रुव तारे के लोगों को कारण स्पष्ट करना चाहता हूँ कि यदि ध्रुव तारे का कन्ट्रोल president बदलता है या मैं पृथ्वी की राजनीति में शामिल होता हूँ। हमारे पास आप जैसे प्रकार की राजनीति नहीं है। पर इस तरीके से हमें मैत्री के लिए या आपको मैत्री के लिए विवाह कराना पड़ेगा। मैं चाहता हूँ कि मैत्री **घनिष्टता** में बदले और इसके लिए मैं एक कार्यक्रम कराना चाहता हूँ जिसमें दोनों ही ग्रह सम्मिलित हों और राजनीतिक उत्पन्न होने का संकट भी खत्म हो। मैं इस मैत्री को सर्वव्यापी बनाना चाहता हूँ। हम बड़े

उत्सुक हैं कि आप क्या कहना चाहते हैं और आप किस प्रकार के कार्यक्रम की बात करना चाहते हैं।

मैं चाहता हूँ कि एक Miss Gallaxy शो कराया जाये और उस कार्य के अंतराल जो choose की जाती है उसे Miss Thinking Wave General का ओहदा दिया जाये। मैं उसी में से choose करके उसी से शादी कर लेता।

wasa : तुम तो दूसरे world beauty को पसन्द ही नहीं करोगे। तुम दूसरे world के हो और हम दूसरे world के हैं। ऐसे में धरती पर भी देखा है कि वहाँ भी एक–दूसरे देश की पसन्द नहीं करते हैं और India में तो ऐसा काफी होता है हंसते हुए :–

राहुल : I said, Miss galaxy. Ten earth and ten pole star from.

Wasa (हंसते हुए) :– पर choose तो तू ही करेगा।

G.I.Joe टीम Head : हम judge बिठायेंगे।

wase :– कहाँ के जो तुम लोगों में से एक होगा? हंसते हुए Central Presidant अपना प्रस्ताव रखते हैं – क्यों न चार पृथ्वी के और चार ध्रुव तारे के judge रखे जाएं।

Kiri की खूबसूरती का जलवा राहुल जानता ही होता है और राहुल control president की बातों का मतलब समझ रहा होता है। फिर भी वह इस बात के लिए तैयार होता है। सब लोग कहते हैं कि उन्हें इसके लिए Rule & Regulation बनाने चाहिए।

राहुल : मैं Rule & Regulation के अन्दर रहना चाहता हूँ। आखिर यह मेरी जिन्दगी का सवाल है। अगर Control President भी रहना चाहे, तो वह भी रह सकता है।

Wasa (हंसते हुए): :– हमारे President इन छोटी–मोटी बातों में सम्मिलित नहीं होते हैं। Control President उस के Answer में confident दिखते हुए मीटिंग के लोग सहमति दिखाते हुए दोनों तरफ से अपनी अपनी टीम को भेजते हैं। इस टीम के लिए ध्रुव तारे और अर्थ के लोगों के टीम का discussion करने के लिए एक नई meeting बिठाई जाती है जिसके Top Four judges राहुल को भेजे जाते हैं, जो कई तरह के Contest और Beauty से related होते हैं।

इस मीटिंग से लौटने के बाद रात को राहुल उसकी खूबसूरती का हल सोच रहा होता है और शीन को जिताने के लिए शीन से भी बात करता है।

शीन : परेशानी में सोचते हुए बोलती है कि तुम तो जानते हो राहुल कि मेरे ये कील तुम्हारे से ही कन्ट्रोल होते हैं। अब तो ये तुम्हारी याद में थोड़े बहुत निकले ही रहते हैं जो मेरे चेहरे की सुन्दरता को काफी कम कर देते हैं। और तुम यह भी जानते हो कि मैं किसी का भी face ले सकती हूँ। पर एक kiri की खूबसूरती और Expression change करने की शक्ति मुझमें नहीं है। वह काफी आकर्षक और लड़ाकू स्वभाव की है। पर उसका लड़ाकू स्वभाव मुझे दिखता नहीं है क्योंकि वह चेहरे को और उनके हावभाव को भी बदल लेती है। तुम कहो तो मैं उसकी खूबसूरती था चेहरा ले सकती हूँ लेकिन उसके भाव नहीं ले सकती हूँ। उसकी व्यावहारिकता का दोगला पन कोई पकड़ नहीं सकता। और तुम जानते हो कि अगर एक बार उसका धरती की सुन्दरियों के साथ टक्कर भी हो जाये तो उनके साथ भी वह जीत सकती है। और खास बात ये है कि उसकी सुन्दरता को निहारने के लिए काफी चीजें उसे सिखायेंगे भी। हो सकता है Judge भी तुम्हारा साथ न दें। तब तुम्हारे उधर Miss Universe और Miss World दोनों अलग–अलग तरीके से होता है। Miss Univers हो तो मैं जीत सकती हूँ, अगर Miss World होगा तो फर्स्ट Kiri के जीतने के चांस ज्यादा हैं।

और तुम तो मुझसे प्यार भी नहीं–करते हो। जैसा तुम Contest का कह रहे हो, वह हिसाब से earth वाली भी जीत सकती है। तुम्हें तो बस फर्स्ट Kiri को हराना है। तुम अपनी power से earth में ढूंढने की कोशिश क्यों नहीं करते हो।

अगर मैत्री का हिसाब है, तो बची हुई आठ लडकियाँ तुम ध्रुव तारे में से भी ढूंढ सकते हो।

राहुल : बात तो तुम सही कह रही हो। पर ध्रुव तारा earth से भी बड़ा हे।

शीन : अच्छा, वह बात है। चाहिए तुमको भी ध्रुव तारे की ही।

राहुल : हाँ problem तो यही है। अब तुझे ढूंढ लिया पर तू तो उससे भी बड़ी problem है। और तू नहीं जीती तो भी Problem है। अगर कोई और जीती, वातो भी ~~फर्स्ट~~ Kiri जैसी निकली, तो वो उससे भी बड़ी problem है। इसलिए मैं तुझे जिताना चाहता हूँ। मुझे तेरे लिए कुछ करना पड़ेगा। तू Context में खड़ी होकर देख। अगर तू जीती, तो इसमें बुराई क्या है! कुछ और नहीं होने से अच्छा है कि कुछ सही ही हो जाए या फिर यही हो जाए।

शीन : यही क्यों हो जाए, वही भी तो हो सकता है।

राहुल : अगर यही हो जाए तो....?

शीन : अगर वही हो जाए तो.....?

राहुल : वही तो नहीं होगा। अब तो यही होगा।

शीन : यही क्या शीन ?

राहुल : हां, मैं वही कह रहा था।

शीन : फिर यही क्यों कर रहे थे?

राहुल : यही तो मैं कह रहा था!

शीन : मैं भी यही समझ रही थी।

राहुल : इतना शर्माकर कहने की जरूरत नहीं है। शर्म फोन के बाहर आ रही है।

शीन (हंसते हुए) :–, कभी बोलते हो कि शर्म बाहर आ रही है, कभी बोलते हो कि कांटे बाहर आ रही है। मैं तो खड़ी नहीं हो रही हूँ।

राहुल : हाँ, इस दुनिया को बचाने वालों को लोग ऐसा ही समझते हैं।

शीन : दुनिया?

राहुल : हां, तू फ्लर्ट मत कर। सीधे तरीके से बोल दे कि खड़ी हो रही है, या नहीं हो रही है।

शीन : खड़ी... खड़ी तो मैं कब से हूँ। और इतने बड़े ओहदे वाले आदमी से तो खड़े–खड़े बात होती है। आप जैसे आदमी से तो नींद में भी खड़े–खड़े बात होती है। मैं सपने में भी खुद को खड़ा होकर बात करते हुए सोचती हूँ, बैठने की हिम्मत कहाँ।

राहुल : मुझे पता है कि तुम बैठे–बैठे टांगे ऊंची करके बात कर रही हो। यह गलत बात है। तुम मेरा दिमाग पढ़ रहे हो। मैं Seriously बोल रही हूँ। मुझे जिताने के चक्कर में किसी और गलत हाथों में मत फंस जाना। मेरी बातमानो, रूल्स बनाने से कुछ नहीं होगा। आठ लड़कियाँ भी ढूंढो।

राहुल : यार, अदाओं का रूख तो तू उसमें जीत ही जायेगी।

शीन के कीज बाहर निकल जाते हैं।

शीन : राहुल, तुम मेरा दिमाग पढ़ने की कोशिश मत करो। मैं बोल रही हूँ कि मैं इतनी खूबसूरत नहीं हूँ।

राहुल : पर sensitive तो हो। और मैं तुम्हारे दिमाग से तुम्हारी intelligence परखता हूँ।

शीन : Intelligency का एक सवाल **नहीं है** राहुल और तुम यह मत सोचो कि मैं इतनी पीछे हूँ। मैं Miss Univers का तुम्हें कह चुकी हूँ।

राहुल : उससे क्या होता है। Miss Universe में भी तो खूबसूरती होती है।

शीन : देखो राहुल, मुझे खूबसूरती पर शक तो नहीं, न ही गिला है। पर कमी हमेशा महसूस होती है।

राहुल : मैं तुम्हारी खूबसूरती में चार चांद लगा सकता हूँ।

शीन : कैसे? **खेलों** को तोड़कर या कोई Technical Idea है?

राहुल : हां है न! बहुत से Ideas हैं। अब तो मौके–ही–मौके मिलेंगे। मैं सारे ideas तुम्हीं से share करूंगा।

शीन : क्यों, मैं क्या तेरी बीबी हूँ? इस गलतफहमी में मत रहना राहुल कि मैं तेरी मदद सिर्फ रिश्ते सुधारने के लिए कर रही थी।

राहुल – अच्छा।

शीन : अच्छा, यही सही है। तू मुझे choose करने वाला होता कौन है।

राहुल : बात तो मैं पहले से ही समझा हूँ। पर इस tension के कारण में serious रहता हूँ।

शीन (चिल्लाते हुए) : तो मैं क्या करूँ?

राहुल : थोड़ी देर फोन पकड़कर शान्ति से खड़ा रहता है। कुछ देर के लिए उसका दिमाग काम करना बन्द कर देता है और कुछ देर सोचता है कि फोन रखूं या नहीं।

शीन : फोन पटक देती है।

राहुल : एकदम हल्के से फोन रखते हुए थोड़ा confusion में सोचता है कि वह आयेगी या नहीं। मुझे उसके लिए idea सोचना चाहिए या नहीं सोचना चाहिए। ये सोचते–सोचते राहुल को कब नींद लग जाती है उसे पता ही नहीं चलता। सुबह राहुल नए जोश के साथ उठते हुए सोचता है – Rules गए तेल लेने। आठ लड़कियाँ तो ध्रुव तारे की मैं ढूंढ ही लेता हूँ। नहीं,

नौ ढूंढूं तो better रहेगा। एक काम करता हूँ... Earth की भी दस लड़कियाँ ढूंढ लेता हूँ। (तभी उसे खबर आती है कि ध्रुव तारे की दस लड़कियाँ मिल गई हैं।)

तभी उस को फोन आता है कि मीटिंग का time set हो गया है। सब लोग घंटे भर में Atalantic में पहुंच गए। तुम्हारा प्लेन भी रेडी है। हम लोगों ने Discussion form भी बिठाई है और जज तक चुन लिए है।

राहुल : एक ही रात में तुमने यह सब कर दिया?

Caller : सर, आप belive नहीं करेंगे, लोगों को इतनी excitement है कि लोग खुद Judge बनने के लिए और अपने idea share करने के लिए आ रहे हैं।

Caller : सर, मुझे मजबूरन आपको फोन करना पड़ रहा है। Actullay हमारी Govt. जल्द–से–जल्द इस शो के बारे में निष्कर्ष निकालना चाहती है। हर country के लोगों में होड़ चल रही है। अपनी Miss World भेजने की। सर, इतने फोन और इतने ideas आ रहे हैं कि हमें एक ही दिन में Rule और Regulation set करने पड़ेंगे, क्योंकि दोनों ओर से pressure आ रहा है।

राहुल :– मैंने Rules और Regulation Set कर दिए हैं। अच्छा किया जो आपने Discussion forum बना ली। आप मेरा यह opinion मेसी उन तक पहुंचा दीजिए। दूसरी ओर judge, ध्रुव तारे की दस और earth की दस लड़कियों को ढूंढने में लगा दें तो हमें जल्द से जल्द फैसला मिल जायेगा।

Caller : OK Sir, एक घन्टे में सारे इन्तजाम set कर देता हूँ और एक बार फिर से judges को call कर देता हूँ, ताकि एक घन्टे बाद मीटिंग Start हो जाये। वैसे Sir, सबके प्लेन रेडी हैं और कुछ लोग तो निकल चुके हैं। पर आप पहले पहुंच जाएं, तो हमलोगों के लिए आसानी हो जायेगी।

प्लेन के एक घण्टे में राहुल दस लड़कियों के बारे में सोचना चाहता होता है और ढूंढ भी रहा होता है। पर Rule और Regulation Set करने के चक्कर में सबकुछ भूल जाता है।

राहुल : मुझे लगता है कि Rule और Regulation में क्या set करना है। जो Miss World और Miss Universe के रूल होते हैं उनको मिला देते हैं और try करते हैं कि Best से Best मिले। और वह सोच रहा होता है कि शीन ठीक ही कह रही थी। पर अच्छा होगा कि मैं Earth वाली को फंसाने की trick चलाऊँ। इसके दिमाग में आवाज आ रही थी कि Earth की भी ऐसी निकली तो क्या करूँ। Best तो यही होगा कि ध्रुव तारे की ही लाई जाए। राहुल सोचता है – पर इस में Rule Regulation क्या कर लेंगे? एक काम करते हैं – क्यों न मैं ध्रुव तारे को Choose करूँ। इन Rule Regulator में क्या time waste कर रहा हूँ। पर Choose करके भी क्या कर लूंगा, जिताने के लिए Rule भी try ~~dry~~ करना पड़ेगा। मैं फेस कोई वाला भी set कर लूंगा, ये तो करना भी पड़ेगा। और अगर शीन आ गई, तो इस का फायदा उसको भी मिल सकता है। या कोई भी ध्रुवतारे भी बोलो सारे Faces Earth के ही जैसे होने चाहिए ताकि कोई पकड़ नहीं जाए। कम–से–कम मन को तसल्ली तो होगी कि धोखे से ही सही, कम–से–कम खुशी तो हेगी। ऐसी खुशी ले जाकर करूंगा भी क्या कि जिसमें हमेशा की दिक्कत हो, परेशानी हो। मुझे हिम्मत नहीं हारनी चाहिए। थोड़ी तकलीफ सह लूंगा, पर choose तो सही करूंगा और किसी भी हालत में Kiri को तो जीतने नहीं देना है। बाकी जो होगा देखा जायेगा। इसी सोच सोच में प्लेन Atlantic पहुंच जाता है।

प्लेन से उतरते ही **बिना पलक झपकाए** राहुल सोचता है कि लड़कियाँ कहाँ है। Tabbo Bloody Shift Again Evenescent राहुल बोलते हुए प्लेन से उतरता है। Never the less बोलता हुआ आगे चला जाता है। यह सब सोचते–सोचते ही राहुल गेट के पास पहुंच जाता है।

गेटमैन : सर, आप राहुल हैं? You Get Inside from that gate.

राहुल : Please Give me my assets.

Gate Man : Sure.

राहुल : OK. Thanks!

बारी–बारी से लोग आने लगते हैं। वह अपने assets लेकर meeting room में चला जाता है। Meeting Room में कुछ workers कुर्सियों को आगे–पीछे adjust कर रहे होते हैं। कुछ workers computer के पास बैठकर उसकी Networking check कर रहे थे। राहुल और उसकी टीम के पहुंचते ही workers की team का head सबसे उनके remote मांगता है और display मांगता है। हर किसी के display पर उनका नाम आ रहा होता है और सब उस नाम के अनुसार अपनी सीट पर जाकर बैठ जाते हैं। सारी सीट full होने के बाद computers की साफ–सफाई और configuration check करके वह चला जाता है। सब अपनी–अपनी सीट पर जाकर बैठ जाते हैं। कोई चाय पी रहा होता है, कोई अपने computer पर work कर रहा होता है। राहुल भी अपनी सीट पर बैठकर computer पर discussion तैयार कर रहा होता है। बारह बजते ही बीप के साथ सामने वाला display ओपन हो जाता है और सब अपना काम–धाम छोड़कर meeting के लिए ready हो जाते हैं।

सबके display पर अपने–अपने ideas मौजूद होते हैं। बीप के बाद राहुल अपना display सामने वाले display पर भेजता है। वह stylus से अपने computer पर pin करता है और 1st Rule सामने वाले display पर point out होता है।

राहुल :– 1st Rule यह होगा कि एक Face ध्रुव तारे का होगा और एक face earth का होगा।

Person one : अगर हम एक ध्रुव तारे का face लेंगे और एक face earth का लेंगे तो, ध्रुव तारे का face ध्रुव तारे वालों को पसन्द आयेगा और earth का face earth वालों को पसन्द आयेगा। फिर हम points कैसे देंगे?

Person 2 (अपने माइक से बोलता हुआ) : That is right. इसमें judgement difference आयेगा और सब अपने वाले को ही points दे पाएंगे।

राहुल : तो क्या में face भी नहीं रखूं? Face तो किसी का लेना पड़ेगा।

Person 3 :– हमारा मतलब यह नहीं था।

Person 4 :– हम एक problem में और फंसेंगे। ध्रुव तारे के लोग ही अलग–अलग face के हैं और उनके पास खूबसूरती का मापदंड भी अलग–अलग है।

Person 5 : ध्रुव तारे से जो लड़कियां आई हैं, उनमें से face change करने वालियों को ज्यादा chance मिलेगा। चाहे उनका कोई भी face हो और reality वहां की different है और हमारी different है।

Person 6 – 7: Right. Example शीन का ही ले लो। उसका face कांटे निकलने के बाद कुछ और हो जाता है, पर उससे पहले उसका face कितना beautiful लगता है।

Person 7 :– Right. हमारे यहाँ Miss World और Miss Universe में Black Beauty भी select हो जाती है। हम दिमाग का भी मापदंड रखते हैं।

राहुल :– वह इस समय कुछ और सोच रहा होता है और खुश भी हो रहा होता है कि शीन भी आ गई। अन्त मेंयह सोचते हुए ही वह आगे देखता है।

Person 7 :– हम लोगों को face का मापदंड दिमाग के मापदंड से जोड़कर देखना चाहिए।

वहां दूसरी ओर Ten–Ten girls दोनों ओर से choose हो रही होती हैं। राहुल को कहीं पर भी शीन नजर नहीं आती है। राहुल मन–ही–मन सोचता है कि अगर शीन का virtual face

बना दिया जाये, तो क्या फर्क पड़ता है।

Person 8 :– जो काफी देर से शांत बैठा था और सबकी बातें बड़े गौर से सुन रहा था, बोलता है क्योंकि न हम Virtual faces को chance दें।

राहुल : Good. हर लड़की को virtual face लेना जरूरी है और वो computerised होगा।

Person 2 : इस तरह ध्रुव तारे वालों के लिए आसान होगा और वो खूबसूरत–खूबसूरत face लेंगे।

राहुल (गुस्से में) :– मैंने कहा computerised face। ऐसा face जो world में, और पूरी galaxy में कहीं भी available नहीं होना चाहिए।

Person 7 :– इसके लिए तो हमें एकदम नई खोज करनी पड़ेगी। नए faces हम लाएंगे कहां से?

राहुल : दुनिया में art बहुत available है। आप कोई भी face ले सकते हैं।, पर वह real में कहीं भी available नहीं होना चाहिए।

Rule 1 :– सामने वाली screen पर display होता हुआ

कि कोई भी लड़की अपने real face में नहीं आएगी। 100 प्रतिशत उसका face virtual होगा। इस face के साथ कोई

भी मिलता हुआ face किसी जगह या galaxy में alive नहीं होना चाहिए। Computer screen पर राहुल का लिखा हुआ rule आ जाता है और बाकी सब उस rule के underlined tick mark करते जाते हैं। बार फुल होने पर यह रूल पास हो जाता है और top पर चला जाता है।

राहुल

Rule no. 2 : हमलोग उनके लिए पूरी–की–पूरी टीम नहीं बिठाएंगे। उनके लिए सिर्फ तीन लोग ही काम करेंगे।

Person 7 : ऐसा क्यों? हमारे Miss World compition में बहुत सारे लोग बिठाए जाते हैं।

Person 8 : He is right! वहाँ पर make up की facility नहीं है। इसका फायदा earth को मिलेगा।

Person 7 : पर face तो change हो सकते हैं।

Person 1 : तभी तो virtual face का rule रखा है।

person 4, 5 : अगर ये rule बनाए गए, तो इसका मतलब है कि earth को कोई फायदा नहीं मिलेगा।

राहुल : person 1, person 8 : Make up का तो फायदा मिलेगा

Person 2, Person 7 : जैसे कि ध्रुव तारे से face का मिलेगा यह rule बोर्ड पर जाता है जिसमें से पांच लोगों का tick same rule पे होता है। तीन पर bar underline होता है, जिन्होंने कोई उत्तर नहीं दिया होता। जब पांचों sentences को मिलाया जाता है तब पता चलता है कि सब इस rule के लिए राजी हैं। सिर्फ राहुल का ही tick mark नहीं लगा होता है। राहुल के tick mark करते हुए यह rule point two पे जाकर सेट हो जाता है।

Rule 3 : वो टेकनीशियन, makeup man, computer artist और dress designers होने चाहिए। पर यह आपकी choice पर होगा कि वो तीन लोग आप कौन से choose करेंगे।

Rule 4 : पर dress up कैसा भी हो सकता है, पर unique होना चाहिए।

Rule 5 : Computer artist कहीं का भी हो सकता है। Dress designers भी कहीं का हो सकता है और makeup man भी कहीं का हो सकता है।

Person 1 : आपके कहने का मतलब है कि हम ध्रुव तारे या earth कहीं से भी लोग ले सकते हैं।

राहुल : मैं ध्रुव तारे के लोग ही नहीं, उनकी technology या कुछ भी आप ले सकते हैं। ऐसे ही earth की भी technology या कुछ भी ले सकते हैं।

All the persons : That is right. Some persons say good best, ok, that is right.

राहुल : Excited होते हुए कहता है – मुझे लगता है कि यही सही है। राहुल खड़े होते हुए – "Meeting is over". Now everybody says over. "Over and rules are setup on the screen" - राहुल clap करते हुए और उसके साथ सभी लोग clap करते हुए। Meeting over का सुनते ही टेकनीशियन आ जाता है और rules को ई–मेल करने के लिए बैठ जाता है। तब तक लोग meeting हॉल में घूम रहे होते हैं, बातें कर रहे होते हैं और party मना रहे होते हैं। ई–मेल होने के बाद थोड़ी ही देर में सबलोग अपने–अपने ~~disignation~~ destination पर चले जाते हैं।

सबलोग सोचते हैं कि यह Miss Galaxy contest है, इसे earth या pole star पर कराना ठीक नहीं है। तो क्यों न

इसे हम moon पे कराएं? लोगों के suggestion मांगे जाते हैं। Twitter पर लोगों के अलग–अलग suggestions आते हैं।

Point 1 : मेरे घर पे कराओ और साथ में address भी दिया होता है।

2 : कोई लिखता है कि पानी के अन्दर कराओ।

3 : कोई बोलता है कि बहुत सारी नावों को जोड़ कर कराओ। साथ ही अपनी कम्पनी का address भी दिया होता है।

4 : कोई कहता है कि sweet room बुक कराओ और कमरे में सोते–सोते सब लोगों को दिखाओ।

5 : कोई कहता है world के axis पर ले जाओ सब लोगों को।

6 : कोई कहता है कि Mount Everest पे कराओ।

7 : चाईनीज कहते हैं कि सुईयों की नोंक पर hut (हट) बनाकर कराओ।

8 : कोई suggestion देता है कि play ground में कराओ और play ground के लिए पैसे देने की गुजारिश भी करता है।

9 : कोई कहता है कि इसे गैस पे कराओ और गैस की photo भी भेजता है।

10 : कोई कहता है हवा में कराओ और बादलों से टकराने की Story भी लिखकर भेजता है।

11 : कोई कहता है कि कारों और बाइक पे चलता हुआ शो कराया जाए और अगर कोई गिर जाता है तो मजा ही कुछ और आएगा और गिराने के तरीके भी लिखता है।

Maximum लोग चांद पर contest कराने के लिए वोट देते हैं और कुछ developer अपने project भी send करते हैं।

लोगों की फरमाइश मान ली जाती है और pole star के कुछ और, earth के कुछ लोगों की टीम बिठाई जाती है। इस team का नाम moon contest रखा जाता है। यह team moon पर ~~सारे~~ contest और residence बनाने के लिए तैयार हो जाती है। यह team eye computer पे अपने सारे ideas share करके contest के लिए एकजुट हो जाती है।

Eye computer : इसपर twitter खुला होता है। इसमें इन लोगों की एक discussion form बनी होती है जो कि private होती है। इसपे इनकी pictures उनके ideas के साथ बारी–बारी से आ रही होती है। पूरी team की eye computer पर लगी होती है ही। जो भी इमेज भेज रही होती है, उसे टेक्स्ट करके बता रही होती है और सारा display उनकी आंखों के सामने आ रहा होता है। कुछ लोग scroll 52, 55 बोलकर picture ऊपर–नीचे, आगे–पीछे कर रहे होते हैं। एक आदमी scroll के साथ eyes ऊपर ले जाता है और ऊपर ले जाते हुए वो ऊपर गिर जाता है। सब लोग उसपर हंसते हैं। फटाक से shut down कर लेता है। पर तब तक उसकी तस्वीर ले ली गई होती है और eye computer वापस से lus के पिक्चर चलाता है। उसपर उसके गिरने का video चल रहा होता है और वो बार–बार उस video की नकल कर रहा होता है। सबलोग video से ज्यादा उसकी नकल को देखकर हंस रहे होते हैं। अचानक shut down हो जाता है। सबलोग फिर हंसकर बोलते हैं – और करो, और करो। हमें पता था कि तेरा ही video है। कोई बोलता है – साले के साथ अच्छा हुआ और सही हुआ। साले को नाटक करने की क्या जरूरत थी। छोड़ो इसको अब घन्टे भर तक, यह computer ही सही करता रहेगा। अचानक video फिर से चालू हो जाता है। इस बार उसकी तस्वीर दिख रही होती है, जिसका video record हुआ होता है। तू इतना जल्दी फिर आ गया? तेरा computer

तो खराब हो गया **था न**! भोला–सा बनता हुए बोलता है – नहीं तो! कब हमें पता है पहले भी तू ही था, नहीं तो, मैं तो अभी आया हुँ। जा रे, तेरा तो video ~~geus~~ shoot करके रखा है कहाँ पर मैं तो केमरा सैट कर रहा था। इतनी देर तो मैं आया ही नहीं। ok, हम भी देखते हैं। इसका video कहाँ है? सब लोग ढूंढने लग जाते हैं। इतने सारे videos में मुझे कहां ढूंढोगे? जाने दो न! अब नहीं। हम तो ढूंढेंगे। अरे मैं बोल रहा हूं। मैं कैमरा ठीक कर रहा था और वह अपनी moon globe की picture रखता है। मैं यह दिखाने के लिए दृढ़ रहा था। सब लोगों का ध्यान उस picture पर चला जाता है और सब लोग काम करने लग जाते हैं। इस तरह से उनका Pictoreal discussion चल रहा होता है।

चांद पर एक globe तैयार किया जाता है जिसके अन्दर, नीचे एक जमीन पर पानी का floor होता है। उसके अन्दर गुलाब की पत्तियाँ पड़ी होती हैं और एक aquariam जैसा बना होता है। वो एक पूरा स्टेज बना होता है जिसपर girls को कैट वॉक करनी होती है। इस aquariam के बीच में कांच का एक छोटा स्टेज और बना होता है जो कि खुलकर ऊपर की side जा सकता होता है। इस ग्लोब के अन्दर की तरफ ऊपर की side में बहुत सारी सीट्स हवा में होती हैं। इन seats से नीचे का सारा स्टेज दिखाई दे रहा होता है। Globe के सबसे ऊपर बीच वाले Axis पर सूरज की रोशनी पड़ रही होती है, तो धूप अन्दर तक थोड़ी–थोड़ी दिखाई दे रही होती है। इस स्टेज पर तार पर लटकी हुई moving लाईट्स भी होती हैं और नीचे के स्टेज के कॉर्नर पर पूरे हॉल में जगह–जगह रूम बने होते हैं जहाँ से Beauty queens को स्टेज पर आना होता है। बीच का स्टेज, जो ऊपर–नीचे घूमता होता है, उस पर रंग–बिरंगे फव्वारे लगे होते हैं। इन फव्वारों से रंग–बिरंगा पानी और गुलाब की पत्तियां निकल रही होती हैं। इस globe से जगह–जगह नीचे और ऊपर की साइड हवा में कैमरे लगे होते हैं। कुर्सियां जो हवा में थीं, वो globe के पास से नीचे–ऊपर हो रही थीं और

अपनी–अपनी जगह पर सेट हो रही थीं। एक–एक करके मेहमान आकर उसपर बैठ रहे थे।

सारी टीम के तैयार होने के साथ–साथ राहुल को यह भी पता चलता है कि शीन भी हिस्सा ले रही है। शीन के ऐन टाइम पर participate करने के कारण उसे तीन टेकनीशियन नहीं मिलते हैं। उन तीन टेकनीशियन की कमी पूरी करने के लिए राहुल अकेला ही टेकनीशियन बन जाता है। साथ में dress deginer भी लेता है जिसमें एक ध्रुव तारे का और दूसरा अर्थ का होता है।

पूरे समय राहुल, शीन का Dress up क्या होगा, उसी में लगा रहता है। शीन का Dress दो तरह का हाता है – एक तो सिंगल Diamond की बनी होती है और एक Dress ऐसी होती है जो प्लास्टिक की बनी होती है। उसमें Dark English blue colour का liquid भरा होता है। इस सब dress को तैयार करने के चक्कर में राहुल चेहरे का makeup कराना ही भूल जाता है।

शीन : बिना makeup face के तो में reject हो जाऊँगी।

राहुल : Don't worry, इसका इन्तज़ाम कर रखा है। तुम्हें तो एक बार ही face दिखाना है और वही हर बार चलेगा।

राहुल to dresser : तुम्हें Diamond की एक round, u-type की golden pin बनानी है जो single diamond की dress में लगा होगा।

Dresser :– Sir, पर इतना बड़ा Diamond कहाँ से लेकर आएंगे।

राहुल :– यह Single Artificial Diamond होगा जो पूरी dress को cover करेगा। कॉलर में एक लम्बा Diamond लगा होगा, जो बालों की pin के साथ जुड़ा होगा और यह single piece की जो diamond dress होगी, उसके साथ

जुड़ा होगा। Dress के नीचे diamond की पतली–पतली तार लटकती हुई होगी। बाजू में Single-single diamond से ढकी होगी और यह single-single diamond कॉर्नर में कंधे के साथ attach होगी। Single diamond का एक curve वाला hat भी होगा, जो उसके कॉलर के साथ attach होगा। सिंगल diamond के पीछे से round और आगे से pointed शूज भी होंगे।

अब 2nd dress :– पूरी dress Plastic की होगी, जिसमें पूरा liquid भरा होगा। Liquid, white और dark blue shade में होगा। जैसे तने में छाल होती है, ठीक वैसे ही, इस liquid के भरते ही यह पूरी dress, white कलर के छाल के रूप में दिखाई देगी। फिर जब face की बारी आई, तो ध्रुव तारे के हिसाब से face के सारे dots को round करके एक नया face दिया गया जो जाली जैसा लग रहा था और इसमें इसके फेस का colour white रहता है। दूसरा face earth के हिसाब से उसे मोनालिसा के हिसाब से दिया जाता है। इतनी सारी तैयारी के बाद भी control president की बेटी के जीतने का डर लगा होता है क्योंकि वो Captain America type की dress select करती है। दूसरी dress वो Indian महारानी की select करती है, जो कि Indian Royal होता है। इसलिए हार जाने का राहुल का डर लाजमी लगता है। तीसरी लड़की, जिससे राहुल को हारने का डर लगा रहा है वो होती है Gum, क्योंकि इसने stone tyle (Gems) की dress और face ले रखा होता है। बाकी किसी भी लड़की से राहुल को इतना डर नहीं लगा होता है क्योंकि बाकी लड़कियाँ face और dress से इस टक्कर की नहीं होती हैं और कुछ moonstyle जिसपर moon के धब्बे होते हैं, उस तरह की white colour की dress पहनकर आई होती है। एक की dress में tree बना होता है। वह भी खूबसूरत लग रही होती है। पर वह उनके टक्कर की नहीं होती

है। एक लड़की पुराने जमाने की पत्थर की मूरत बन कर आती है। उसका शरीर गहनों से ही ढंका होता है। एक लड़की computer matrix की movie की तरह body is screen जैसी दिखने वाली dress पहनकर आती है। एक लड़की की dress में सिर के ऊपर लकड़ी में आग जलने वाली टोपी होती है और नीचे तक उसकी आग फैल रही होती है।

इस Miss Galaxy Show में इन सबको अपने अपने रूम अलग–अलग Alott किए गए होते हैं। राहुल इन लोगों की tricks और style देखकर last time एक नई trick लगाता है। वो शीन को प्लेन के ऊपर से उतरने का स्टेज बनाता है जिसमें उसका प्लेन से उतरने का स्पेशल इफेक्ट होता है। वह वैसा तैयार करता है।

Round I :– Miss Galaxy show में round I हो रहा होता है। round I में अलग–अलग planets की लड़कियों के face check किये जाते हैं। face से idea लगाया जाता है और calculate किया जाता है कि top faces कौन हैं। इसमें शीन five में से four point ले लेती है। बाकी कोई 3.5 और 3 point लेती है।

Round II :– इसमें शीन एक स्टेज पर Air वाले प्लेन पर खड़ी होकर आती है। Air के कारण Face और Body दिख नहीं रही होती है। धीरे–धीरे नीचे से dress ऊपर face तक आ रही होती है। वह प्लेन उसे वहीं स्टेज पर छोड़ कर आगे चला जाता है। फिर धीरे–धीरे Air show हो जाती है और मोनालिसा का बिम दिखाई देता है। सब लोग हैरान हो जाते हैं। और इस बात पर discussion होने लगता है कि यह face रखा जाये या नहीं रखा जाये। last में उसे right face घोषित किया जाता है। उन सबसे question पूछे जाते हैं। सबलोग अपने–अपने planet के हिसाब से answers देते हैं, पर शीन का answer galaxy के हिसाब से होता है। इतना अच्छा answer देने के बावजूद भी शीन को इस answer के

कम point मिलते हैं। इसके बावजूद शीन फर्स्ट five में पहुंच जाती है।

इसके बाद question का एक और round होता है, जिसमें वो I 3 में पहुंच जाती है। I 3 में इनसे लड़कों से जुड़े सवाल पूछे जाते हैं। क्योंकि Miss Galaxy को तो wife बनना होता है, पर wife बनने के लिए उनमें Malawreness होनी चाहिए। इन सभी का answer देका फर्स्ट I 3 में शीन और wase दोनों ही ध्रुव तारे की लड़कियाँ Final में पहुंच जाती हैं। Last में इन दोनों में से choose करने के लिए एक बड़ा ही Tuff Question पूछा जाता है।

Question यह होता है – आप को अपनी beauty से भी beautiful girl की तारीफ करनी हो, तो आप अपने वाक्यों में किस प्रकार करेंगी? क्योंकि हर beautiful girl अपने से beautiful girl से जलती है, ऐसा हमने सुना है। इस पर शीन, ऐश्वर्या की तारीफ में एक कविता सुनाती है।

2nd question में उससे यह पूछा जाता है जो कि husband से related होता है कि आप कैसे husband को रिझायेंगे। इसपर शीन अपनी अदाओं का, शरमाने का और तड़क–भड़क का एक नमूना पेश करती है। यही नहीं, शीन आंसू निकालने की एक्टिंग भी करती है। आखिर में एक मोनालिसा वाली smile देती है और सब तरफ खुशी की लहर फैल जाती है। आखिरकार शीन को first घोषित किया जाता है और राहुल की उस से शादी हो जाती है। उसी समय जहां पर इनकी शादी हो रही होती है, उस जगह ध्रुव और earth planet के सिक्योरिटी गार्डस ने घेर रखा होता है। वहां पर एक धूमकेतू आकर गिरता है और गार्ड्स की होशियारी के कारण धूमकेतू को रास्ते में ही तोड़ दिया जाता है और सारी रेत शीन और राहुल पर गिर जाती है। पर थोड़ी देर बाद वह बाहर निकलते हैं और सब मुस्कराकर उनका स्वागत करते हैं।

www.ingramcontent.com/pod-product-compliance
Ingram Content Group UK Ltd.
Pitfield, Milton Keynes, MK11 3LW, UK
UKHW021644190726
13853UKWH00001B/42

9 789354 279508